一個人住在台灣！
港人居台第４年　　圖文／茶里

小時候的我，是個非常膽小的人。

怕靈異故事卻又愛看，搞得自己常常失眠。

玩完恐怖遊戲後也會留下陰影。

所以小時候常常跟媽媽窩在一起睡。

沒有人在家的日子，也會感到孤單和可怕。

晚上的時候，身旁必須有甚麼陪伴著…

才能讓我感到安心。

沒想到這樣的我…

長大後居然一個人到外地獨居了。

對膽小的我來說，

這是我做過最大膽的決定。

要一個人學會照顧自己別餓死；

要一個人學會在寂寞中也能自娛；

要一個人經歷各種歡樂憂慮的日子…

這就是我，獨居第4年的故事。

目 錄

一個人在台灣！

一個人二三事！

一個人去冒險！

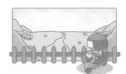

一個人養貓咪！

附　錄

CH1

一個人在台灣！

我的房間

雖然講很多次了，但還是要不厭其煩的再說…

以往沒有房間的我，對私人空間幾乎沒有概念。

因爲房子太小，也幾乎不會邀請朋友回家玩。

搬來台灣後，看著獨自居住的房子…

有種真的變成大人了的感覺。

原以為住一陣子就會習慣了…

…結果直到住第4年了還是很興奮。

剛擁有自己的房間時，總會想好好佈置家裡。

到要搬家的時候卻發現…

好 麻 煩！

身為居無定所的租屋族，搬家是常有的事。

所以現在都克制著自己別買太多東西了。

回想以前的房子雖然小，卻有一種親切感。

現在沒有了「家」的感覺，也有一點寂寞呢。

不過即使東西再少，家裡依舊很凌亂…

看來我的獨居之路還是令人擔憂。

↖ 直接睡在衣服堆上

別看我這樣子，我在台灣還是有不少朋友的。

但我們通常幾個月甚至一年才見一次，因為…

台灣眞的太大啦！！

很多朋友都在比較繁華的北部工作。

而我住在距離遠的南部，所以常常很難約。

每次見面的時候，大家都改變不少了。

有時還會認不出對方…

常常遇到台灣人問我們…

但香港很少在分區的，通常都是直接答地點。

所以卽使住多遠的朋友，也都很容易能約。

因為難約的關係，我也有想過要不要搬去台北。

但就是因為太像香港了，反而很不自在…

我還是喜歡人少的地方，較讓自己有思考空間。

所以在變富翁之前，我還是先留在南部吧 ♥

剛剛搬來台灣的時候，我常常有一個誤會。

…那就是以爲垃圾車是雪糕車。

每天固定時間到達讓大家丟垃圾

在香港，我們有一款叫「雪糕車」的流動攤販。

不定時出現在各社區

大人小孩都喜歡！

顧名思義，它就是賣雪糕的。

主打是甜筒

另外也有碗冰

雪糕車會一邊播放著悠揚的音樂一邊行駛，

♪♫♩～

讓人聽了後心情舒暢，自然想買雪糕來吃。

收你6元喔～

因此小時候父母最怕聽見這音樂（？）

雪糕

♪♫♩

雪糕雪糕

好啦好啦…

我現在住的地方沒垃圾站，所以要每天追垃圾車。

因為香港不用追垃圾車，這體驗還蠻新奇的。

但有時工作到忘記時間的時候…

就會很討厭這個活動（？）

其實也有些人不用追垃圾車，比如說住大樓的人。

那這樣每天追車當作運動…也許是好事吧

順帶一提，到現在我還是沒把這習慣改過來。

米糕

有一天工作完後餓爆，趕緊到附近餐廳吃飯。

然後發現菜單上有個奇怪的食物。

結果上來後卻發現…

…米糕居然是飯？！

後來我把這件事畫在社交平台上⋯

⋯結果掀起了熱烈的討論。

原來，台灣的食物也有南北部之分。

所以，此米糕不同彼米糕也很正常的。

除此之外，某些食物本身也有爭議性。

回想以往我也被台灣食物欺騙過感情（？）

但習慣以後，覺得只要好吃就沒差了。

不過偶爾有時候…

我也明白台灣人的心情呢。

自己住以後，我幾乎每天都自己煮飯。

是甚麼原因驅使我每天煮飯呢？

…台灣的店家關門時間都太早了。

身為在家接案的人，幾乎整天都是工作時間。

常常都有一餐沒一餐，日夜顛倒更是閒事。

也因為這樣，我的起床時間都非常奇怪。

跟香港不同，台灣的店家很多都不開下午時段。

而剩下有開的連鎖店也都吃膩了。

（連續吃了一星期）

今天也要點味噌湯嗎？

啊，是的…

無奈之下（？）只好開始自己煮。

來買菜好了…

結果發現…

…一煮就停不下來了。

台灣食物真的品質高又便宜，讓人一試難忘。

煮飯也是一種放鬆，讓我能從工作中抽離。

而且能吃得健康又美味…我真的很喜歡煮飯呢。

一個人的日常

唔…兩瓶一個人用不完啊…

可是只買一瓶又好貴…

第2件5折！

每次看見超市第2件5折、
餐廳第2份主餐半價等優惠都很苦惱的我。

CH2

一個人二三事！

說到一個人最爽的地方，莫過於…

每次在需要候位的場合，都很快能入座。

而且一個人愛吃甚麼就吃甚麼，非常自在。

但一個人最困擾的地方，同樣也是…

外出吃飯　　　好辛苦…

在假日時段，幾乎全天都人潮滿滿。

403號～

487號

如果你想吃火鍋店那類都是多人座的餐廳…

盯…　　　　盯…

就會受到來自N個人的無形壓力攻擊。

爲了避免這情況，有些店家會對單人額外收費。

(通常是100台幣，即約20港幣)

如果我那天心情好的話，我通常都不會在意。

…沒想到居然收到店員同情的目光。

但爲了方便，我現在都在平日下午外出吃了。

安靜…

這個時段人最少，而且價格也最便宜。

4點後入座
就變貴了…

火鍋吃到飽 →

然後我發現，不少人都會選這時段來獨自用餐。

看著也是單獨來吃飯的人，

自己也好像不孤單了呢。

炫耀一下，其實我是個講話蠻流利的人。

不論是朗讀或是繞口令，我都能輕易上手。

但自從人老了（？）加上獨居之後，我發現…

我，

不會講話了。

在家的我幾乎不會說話，自然很少會動到嘴巴。

然後發現卽使是簡單的句子，我也會結巴。

有時還會因此被朋友笑。

而且對著台灣朋友時會更容易混亂。

然後就出現以下情況⋯

這是真的,久了沒講話真的會變得不會講話⋯

為了克服這問題，我現在都把握能講話的機會。

因為這樣，我意外地更了解台灣和其他朋友。

但即使這樣，我講話的機會還是很少…

看來，我得多點練習自言自語了。

在家工作很多會議都是透過視訊來開。

這部分⋯

內容要求是⋯

每次開完會議後⋯

⋯總覺得好浪費啊！

整理過的髮型

用心化的全妝

精心挑選的衣服

你誰啊！

以往在家好歹還可以讓家人欣賞（？）一下。

但獨居時，化妝後不外出就會很不自在…

最後總是明明不太餓也硬要到外面吃飯。

…然後又開始變胖了。

去年，我每天講話的對象只有鄰居家的婆婆。

她真的很關心我。

非常…關心我。

關心得…

連她兒子都想介紹給我認識。

我想婆婆應該是把我當失業的離家女生了吧…

謝過她的好意，不久後我也要搬家了。

不知道那婆婆現在還過得好嗎？

本來在正常工作…

下一秒。

年輕得碰著誰！

亦能像！威化般…

一個人在家久了，這種狀況開始變多了。

發神經

Get up!
Get up!
Get up!

精兵都好勝～

義勇義勇

要出戰

一～拼

（港版Keroro軍曹主題曲）

可能是獨居太自由了，心情長期處於興奮狀態。

但有時候打開門發現房東送來的包裹時…

…等等，他們是甚麼時候送過來的？

…總覺得有點不敢直視鄰居和房東了。

我現在的租屋處是用卡片感應式門鎖。

每次回家的時候總會有一種莫名的滿足感。

本來一直都很平安,但某天回家時…

門鎖,壞掉了。

粗心大意的我本來已想像各種無法回家的場景。

但沒想到居然會是被門鎖反將一軍。

還好機智的我馬上想到解決方法。

深夜，沒人接。

而且那時剛好是新年，到處都沒有人能求助。

手機剩下8%電

看著這情景，不禁有些悲從中來。

…然後居然覺得自己有點好笑。

在這麼想的時候，房東終於打電話來了。

就這樣，我的新年流浪記結束了。

回到家後，還是覺得…

家裡的床最舒服啊。

順帶一提，後來收到了一盒小番茄禮盒當賠罪（？）

你知道嗎？我們身邊都有一個很恐怖的東西…

那東西會讓你粘住走不開，

甚至腦袋昏沉，失去意識…

沒錯…那就是…

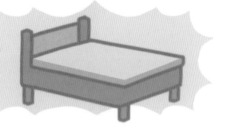

在工作桌旁的床！

我住的套房沒有房間，所以桌子和床的距離很近。

月租7000元 （約港幣2000元）

因爲眞的太方便了，

所以常常一不小心就倒在床上睡死⋯

爲了避免自己又去躺床，我想了一個好點子。

結果失敗。

接下來我決定把書本也放在床上。

結果又失敗。

最後我決定下猛藥⋯

結果還是大失敗。

床的威力實在太大了，讓人無法抗拒。

看來要克服它，還需要一段很長的時間呢。

去年的我住在一個大湖旁邊。

每天工作到累了就外出散心，非常舒適。

公園裡總是有很多在睡覺的狗狗…

那時每天看著都覺得好療癒。

直到某一天，我如常經過那公園時…

突然其中一隻狗狗向我衝來！！！

這時候我相信一定很多人都會問：

答案是…我怎麼會知道啊！！！

後來有路人經過替我把狗狗們趕走。

本來打算回家塗藥就好，但路人們跟我說…

因為第一次遇到這種事，所以也有點緊張。

…然後我被醫護人員姊姊逗笑了。

後來遇到看診的醫生，對方居然也是香港人。

只能說還好有來看醫生，不然後果可能很嚴重。

大家不幸遇上時，記得也要立即看醫生啊。

順帶一提，直到現在我還是不敢走進那公園。

身爲一個家裡蹲，我有一個持續已久的樂趣。

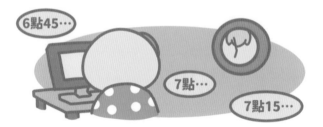

那就是…

台灣的賣場又大、商品種類又多，非常好逛。

而且只要時機抓對了，就可以捕獲到很多好物…

原價200多的牛肉居然只賣98元？！

大塊鮭魚特價只要100塊不到？！

角切生魚片居然半價只要36元？！

每次搶到一堆折扣品後總會很興奮。

但到結帳時…

都是折扣品

正當我這麼想的時候…

…結果她只是想要提醒我注意保存期限。

雖然店員都見怪不怪了，但總是有些不好意思。

所以我現在每次都會額外多抓一些正價品。

除了肉品部外，還有一個我最喜歡的就是…

它擺放的都是快要到期的食品，價格都超便宜。

而我在這裡也曾經找到過不少寶物 ♥

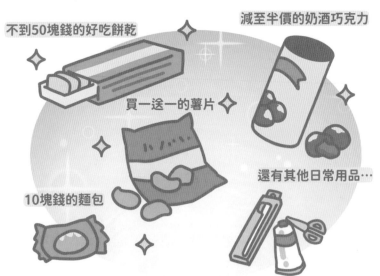

當然也有踩雷的經驗…

但買到便宜的食品，還是很讓人開心。

這時我赫然發現…

關於這個問題，至今的我仍在苦惱中。

有一陣子，我被工作的事搞得非常煩躁。

加上沒人可以抱怨，整個人憋得快要爆發了。

這麼想著想著，結果⋯

…我就自己一個人來到了遊樂園。

其實我非常喜歡遊樂園，也喜歡刺激。

但來台灣後敢玩的朋友太少了，所以很少去。

這天雖然是平日，但還是有不少學生來玩。

因為是第一次自己去遊樂園，心情有點緊張。

但到我排隊的時候，卻發現…

等等，我根本不用害怕啊！

在排隊的時候，我們都會各自發呆對吧。

所以，他們根本分不出來你是哪邊的朋友！

而上遊樂設施時，只要大方的挑個位子坐…

就不會有人察覺你是一個人來的了！

說實話，一個人去遊樂場還蠻爽的。

不用等很久，也不用害怕沒人敢跟我玩。

經過一輪發洩（？）後，心情也平靜不少了。

最後我跑去玩最喜歡的飛天鞦韆。

本來想玩好幾遍，但我在坐上鞦韆時…

覺得被發現了還是有些丟臉，所以跑掉了。

不知不覺，一個下午就這樣過去了。

在回程的路上，看見原來有不少人也是一個人。

不知道他們一個人來的原因又是甚麼呢？

回想起以往在香港時，我也喜歡一個人四處跑。

可能是天生的邊緣基因，讓我常常想要獨處。

經過這一天後，反而讓我期待下次的邊緣之日。

看來我一個人走的路…還很長呢。

自己烤肉

餐桌，從來都是戰場。

尤其是烤肉，一沒注意就會被敵軍搶去戰利品。

爲了能享受眞正的自由，今天我決定…

一個人吃烤肉吃到飽！！！

題外話一下，我非常非常喜歡吃蝦頭。

所以，這次我找了一家泰國蝦吃到飽的烤肉店。

看著那偌大的烤盤，快樂的感覺油然而生。

抱歉，其實一個人烤肉還挺笨拙的。

沒有人在對面幫忙烤，結果一雙手忙到不行。

不過，享用成果的那刻真的⋯

蠻爽的。

因為太興奮，一不小心就吃了快50隻蝦子。

雖然沒人一起烤有點無趣，但內心還是很滿足。

正當我這麼想後，晚上準備睡覺時…

長·紅·疹·啦！！

事後我才發現，吃50隻蝦子根本是瘋狂的行爲…

我長紅疹了嗚…

怎麼了？
你還好嗎？

我吃了50隻蝦。

…你活該！！

長濕疹眞的很痛苦，不光癢還會很燙。

我的帥臉～～

嗚…睡不著…

要待在涼的地方…

但又不敢去抓…

但那時我懶得看醫生，自己用飲食調控算了。

…結果還真的不到幾天就好了。

雖然康復了，但我想任何事還是適可而止就好。

不過，我到現在還是很喜歡吃蝦子 ♥

一個人的日常

現時住在分租套房，每層電錶都安裝在門口，
於是每次出門時都會莫名的跟鄰居比較
誰用電用得少。

CH3

一個人去冒險！

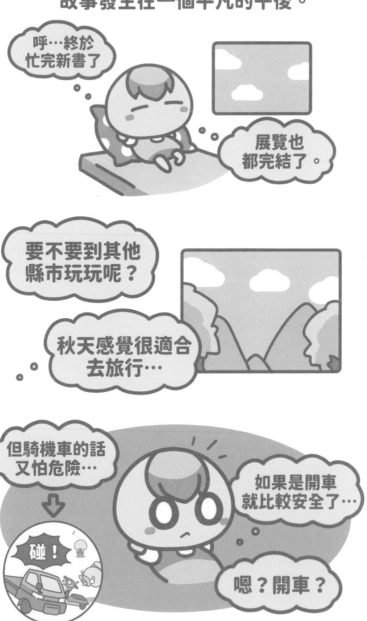

故事發生在一個平凡的午後。

呼…終於忙完新書了

展覽也都完結了。

要不要到其他縣市玩玩呢？

秋天感覺很適合去旅行…

但騎機車的話又怕危險…

如果是開車就比較安全了…

碰！

嗯？開車？

車禍故事在上一本書

回神過來，我就已經在駕訓班裡了。

其實我哥很久前就叫我考駕照，但都偷懶沒去。

不得不說，台灣的駕訓班真的很便宜。

從沒開過車的我，從報名那天就一直興奮期待。

到了駕訓班的第一天，我精神抖擻的去上課。

第一次開車，真的有種與騎車不同的愉悅感。

…以及刺激感。

我報的駕訓班，練習場地就是考試當天的場地。

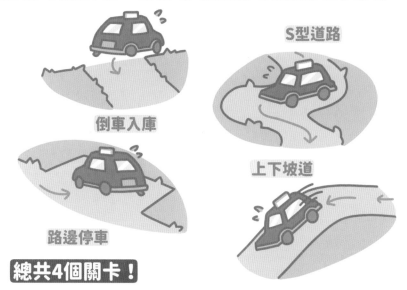

S型道路

倒車入庫

上下坡道

路邊停車

總共4個關卡！

每個步驟都有教練指點，所以難度不算很高。

踩到這柱子
就轉彎…

…應該，不算很高。

快開到前面！
我要射他！

橡皮筋

聽說「會騎車的人，開車技術也不會差」。

…好吧，看來是我多想了。

就這樣，第一天的駕訓班順利的結束了。

…算是順利吧？

接下來的日子，幾乎每天都是一樣的模式。

某一天，教練因為要當考官所以不在車上。

但經過教練們坐的涼亭時…

台灣的駕訓班，真的很歡樂啊。

頭文 字里

以上為幻想畫面。

然後下一堂我就被限制速度了…

這樣的日子經過了快一個月，有天教練說…

雖然有點害怕，但能嘗試上路我還是感到很興奮。

練習那天，我們3位學員輪流練習。

路考的路程不算長，大概10分鐘內的長度吧。

開到一半時，我好奇的問教練⋯

⋯結果答案出乎意料。

說實話，這樣的練習次數真的讓我有點擔心。

而且練完第一次後，其中一個學生還跑掉了…

本來輕鬆的我，從那天開始就緊張起來了。

在考試之前，我們需要上幾天道路課程。

因為課程在晚上，所以每次上課時肚子都很餓。

…結果下一次上課時，只有我一個在吃東西。

到了模擬考的那天，我很作死的沒有溫習。

…結果考了個不合格回來。

雖然後來開車的模擬考也順利通過了，

但內心總覺得有甚麼輸了…

到正式考試當天，要坐旅遊巴到考場考筆試。

因為被笑了，所以回家把筆試認真練習過。

…然後在當天以滿分順利通過。

考完筆試後，就回到駕訓班場地準備場考。

其實，我從昨晚開始就緊張到胃痛。

還好考場的氣氛很輕鬆，讓我舒緩了不少。

因爲練習過很多次，所以場考非常順利的通過。

最大的魔鬼是…路考。

在幾天前，我請有車的朋友跟我練習過幾遍。
（有學習駕照可以在晚上的指定路線開車喔！）

但因爲開車比騎車更難，所以還是有點擔心。

在路考之前，教練都會在門口替我們打氣。

跟練習時一樣，路考時會跟其他考生一起考。

（看起來很慈祥的考官）

本來因為場考通過了，心情有稍微放鬆…

大概只要
10分鐘後…

就知道會不會
有駕照了～

…但前面的考生卻又讓我緊張起來。

這、這樣走嗎…

慢慢來就好，
慢慢來…

抖

抖

抖

你也太抖
了吧！

因為有錄影，所以考官不能給我們任何提示。

…最後那位考生順利考過了。

可能是看見她考過，所以換我考時沒那麼緊張。

記得當初考到機車駕照時，我高興得整個跳起。

但這次我考過汽車駕照時…

…內心卻很複雜。

其實，駕照考試還是有不少被刷下來的人。

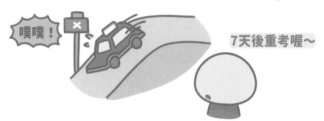

可能車禍的陰影太大，讓我不敢考完就開上路。

而且我發現，一個人去玩根本用不著開車。

結果到了今天，我還是沒有開過車。

在所有節日裡，我最喜歡新年的感覺。

除了有紅包，也因爲新年最熱鬧、美食最多。

可惜我已經3年都要一個人過新年了…

看著這樣的景象，我決定自己去找找樂子。

有了這樣的念頭，我立刻坐言起行。

因為想有冒險感，這次想去從沒踏足過的縣市。

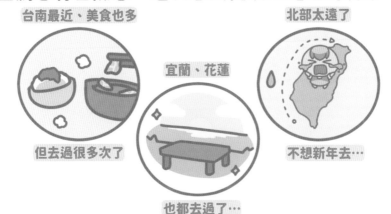

最後，朋友介紹我台東這個地方。

只是，訂旅館的價格讓我震驚不已。

也因此讓我掙扎了好一會兒。

但新年氣氛真的太棒，最後我還是閉眼付款了。

隔天早上，我只抓了個背包就出門了。

雖然還在島內，但也有種去旅行的興奮感。

坐火車的時候，不禁有些感慨。

說是旅行，但其實我也沒有特別計劃去哪裡。

長大後覺得旅行只是換個地方做平常的事放鬆。

騎著機車四處走，一個人往未知的地方探索…

對我而言，就是最棒的旅行。

以往的我，從來沒想像過自己會開始騎車。

更沒想像過會自己這樣一個人四處冒險。

但原來騎車後能看見的景色…

居然，是這麼的漂亮。

在騎車路上，我發現了一個美到不行的景色。

即使拍下來，也留不住第一眼看見的震撼感。

我想旅行的意義…

大概，就是為了這一瞬間吧。

晚上，我回到市區逛了一個很漂亮的市集。

那邊很多厲害的音樂表演，感到心情被療癒了。

陶笛
真好聽…

等等，
沒有樂器？

♫♪♪~

用手來當笛子

之後逛夜市時，因為人太多只好坐在機車上吃。

真不愧是
新年…

第一次嚐東山鴨頭

吃到一半的時候，突然…

原來是有人在旁邊放煙火，嚇得我差點摔倒…

台灣人不論甚麼節日，都好像很喜歡放煙火。

隔天起來後，本來打算看看風景就回去了。

但騎到一半時，發現有個牌子寫著…

它頓時勾起了我的好奇心。

於是，我就一直跟著那牌子騎上去。

只是它的路程，比我想像中的更遠一點。

但怎麼…

那個廟好像…

怎麼爬都爬不完啊？！

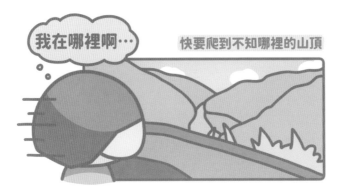

在這裡，我又進入了人生掙扎的時候。

…最後還是理智戰勝了。

回程的路上，我經過了一個跳傘場。

可是天氣不算很好，加上要等很久就沒玩了。

還好旁邊有滑草場，算是可以刺激一下（？）

台東有點像世外桃源，到處都是高山草地。

一個人就這樣流浪看風景，沒想到也挺不錯的。

不過這趟旅行最大的遺憾…

…大概就是沒膽跑到山頂去吧。

一個人的日常

每次畫稿時都會開著直播中的音樂台來聽，
跟大家一起看直播的感覺好像有人陪伴著一樣，
比較沒那麼寂寞。

CH4

一個人養貓咪！

在家工作，每天唯一的人際來源就是網絡。

我臉書有很多作家好友，偶爾會看見這些動態。

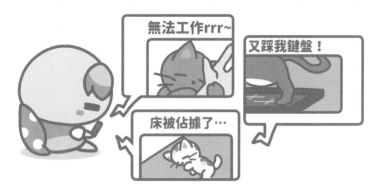

看著的時候，總會覺得很療癒。

然後腦中突然冒出一個念頭…

以前幫朋友照顧貓咪時，那段日子也很快樂。

但因為是個重要決定，所以也都只在猶豫。

直至某天，臉書的領養社群跳出了一則動態。

因為工作因素無法繼續照顧…

年齡：1歲
地點：高雄
性別：男生
已檢查…

其實我常常看見領養文，但總是無法下定決心。

嗯…再等等吧

唉唷…

還不是時候…

雖然很可愛…

但看見他時，不知為何我內心湧現一股感覺…

我覺得…就是他了！
明明一臉懶散，
但我覺得就是他！

如何…

要不要…

現在馬上…

考慮了2分鐘後，我就打電話給貓咪主人了。

第一次跟將會一起生活10多年的夥伴見面…

內心不免有些緊張。

不知道真實的他…會是甚麼模樣呢？

我想一見鍾情就是這感覺吧。

接下來，聽前主人講解一下他的生活習慣後⋯

就準備把他接回家了。

要與曾一起生活的貓咪分離，內心也很難過吧。

看見這畫面，也讓我更下定決心要把他照顧好。

雖然很突如其來，但也讓人充滿期待…

這就是我與他相遇的故事。

領養貓咪後，首先遇到的最大難題是…

改 名 字！

在領養之前，其實我已經有心儀的名字。

柏林！

因為我喜歡紙房子的柏林♥

但看見他那蠢樣，我就打消了這念頭。

柏林是聰明又狡猾的人…

跟他也太不搭了…

柏林比較像這感覺？

這時我剛好跟朋友們在一起。

我們決定叫他不同名字，看看他對哪個有反應。

但就算怎麼叫，他都好像沒很喜歡。

我們決定先跟他玩玩培養感情。

朋友想抱起貓咪的時候，突然…

他一腳踩在我朋友的蛋蛋上。

而在這一刻，我跟朋友幾乎同時說出…

於是，從此以後他就叫碎蛋了。

到了現在，他也好像蠻喜歡這名字的。

希望他一輩子都不要知道自己爲何叫這名字吧…

根據前主人的說法…

（之後有來家訪）

他最喜歡的是男人衣物！

如果他在家害怕就給他嗅嗅吧。

可是我一個人住，家裡都只有我的衣物。

晚安，我回來了～

本來擔心他會不理我，但我發現他…

喵♡

……你這是甚麼意思啊！

我搬家前住的地方，有很多街貓四處走。

居民餵的食物

有一天我買完罐罐準備回家時…

買了好多他喜歡的口味…

突然有隻街貓走過來向我賣萌。

喵～

頓時我陷入了人生掙扎題中。

好可愛… 嗚…

好…好像在出軌一樣！

但這是我家

但又不忍心這樣離開…

…最後，我還是敗給了他。

沒想到這時馬上傳來我家貓咪殺豬般的叫聲。

回家後還持續了半個小時，害我超像出軌被抓…

之後我跟街貓聊天時，都要偷偷摸摸的了。（？）

雖然我家貓咪很粘人⋯

但卻不喜歡被人抱。

看見別人的貓咪都會陪主人睡覺，讓我好羨慕。

爲了引誘貓咪跟我睡覺，我決定出絕招⋯

太好了…

成功了！！

我家貓咪不知爲何很喜歡搶我桌上的水喝。

雖然莫名其妙，但也有點可愛。

…等等，

他會不會覺得我才是該喝地上那碗水的人？

爲了增進感情，我特地多買了一個水杯給他。

這下子他不用再搶，能一起開心的喝水了吧…

…結果他給我跑去喝回地上那碗水，

而且還要把我的水杯打破了，臭貓咪。

碎蛋雖然可愛，但有個大問題是他…

以往抱起朋友的貓咪時總是很輕鬆。

但抱起碎蛋時…

為了讓他減肥，我買了個玩具給他玩。

這樣他就可以減…

不對啦，這條小魚是這樣玩的…

沒想到他好像玩得很開心的樣子。

結果連我也一起減肥了…

一個人住，最害怕的是黃昏後回家。

看著漆黑一片、空無一人的房子…

內心總會感到一絲寂寞。

所以，我總是不太喜歡回家。

但自從養了貓咪後，回家好像不再是可怕的事。

有誰在等自己回家的感覺…

是窩心的感覺。

因為有你，

我現在變得喜歡回家了喔。

一個人的日常

每次洗澡時，貓咪都一定會撞門而入，
然後我都會立刻想「我現在不是獨居嗎？」而被嚇倒。
每天上演，屢試不爽。

潮男與VS邋遢男孩

心情不好，一個人去唱KTV。

唱了4小時候起來，但差一個人也要人代唱，啦啦。

一

器分靈

❸ 不想出門就做自己喜歡做的事。

❷ 可以隨時打電話回家請家人幫忙。

❶ 可以常常在家聚餐吃，不怕吃不完。

1 在家只能煮簡餐，不然會吃不完。

已經連續一個月　　吃一樣的東西了…

（雞胸燙青菜）

（水果）

2 沒人在家，不知道家裡是否一切安好。

窗有關好嗎…

雪櫃有開嗎…

門有鎖好嗎…

3 能完全目中無人、活出自我。

我要與你硬碰！

以爆裂極高速…

❹ 外送費有人攤分，可以比較便宜吃大餐。

❺ 夏天熱得快融化時還是得穿衣服。

❻ 遇到小強不敢打。

自己個個事件排毛

④ 外送員送入糧分，叫外送很准好物算。

⑤ 夏天炒菜可以增麗，派。

⑥ 通到小孩遇着水散打。

後　記

居、居然已經第四年了嗎？

時間過得眞快。

我住在台灣第四年了，也出過四本書了。無論你是從巴哈年代就有追的元老級讀者、從臉書小故事認識我的舊讀者、或是從居台系列接觸我的新讀者，也非常感謝你們的支持。

一個人的生活到底是如何呢？「一個人」這三個字，難免會讓人聯想到孤獨、寂寞、不安…但看完這本書的你，其實也不難感受到，我是蠻享受一個人生活的。

就如書中所說，小時候的我沒有自己的房間、沒有自己的私人空間，活在無時無刻都擠滿人的香港，我根本就沒有自由和放鬆的概念。

來到台灣後，第一次有了自己的房間，雖然一開始會感到寂寞和害怕，但久而久之卻是放鬆與感恩。

原來有能自由活動的空間這麼好。

原來有能翻身的床這麼舒服。

原來，能安靜下來的感覺這麼棒。

這一年我在FB平台上畫的都是一個人生活的趣事，引來了不少迴響和共鳴。這段期間有不少人跟我說「現在的茶里，好像跟過去那畫負能量故事的茶里不一樣了」。確實，我的創作風格跟過去變得截然不同了，但除了是因為我心境變化外，也希望在這段艱難的時間為大家帶來一點歡笑。

相信這年大家也不好過，卽使是自問懂得自娛的我也是。希望這本書能為大家帶來一點歡樂、一點笑容，然後也希望你用這輕鬆快樂的心態，再去感染其他人喔。

2021年6月想吃火鍋的下午

一個人怎麼分身！
漢人居名漫四年

作者	蒜囝
出版經理	Venus
責任編輯	膀尼
設計	蒜囝
出版社	夢綠文創 dreamakers
網站	https://dreamakers.hk
電郵	hello@dreamakers.hk
	facebook & instagram@dreamakers.hk

香港發行　香港聯合書刊物流有限公司
香港新界荃灣德士古道171號申新經濟大廈8樓

電話	2775-0388
傳真	2690-3898
電郵	admin@springsino.com.hk

台灣發行　永盈出版行銷有限公司
台灣 231 新北市新店區中正路499號4樓

電話	(02)2218-0701
傳真	(02)2218-0704
電郵	rphsale@gmail.com

| 承印 | 美雅印刷製本有限公司 |

香港初版一刷2021年7月
初版二刷2021年8月
ISBN: 978-988-79895-3-0
Published and Printed in Hong Kong
香港出版　版權所有　翻印必究
定價　HK$98 / TW$440
上誇蘿讀／圖文漫畫／流行讀物／生活文化
©2021 夢綠文創 dreamakers・作品24